AF384548

L'ANNEAU D'ARGENT

OPÉRA-COMIQUE EN UN ACTE

PAR

MM. JULES BARBIER ET LÉON BATTU

MUSIQUE DE M. LOUIS DEFFÈS

Représentée pour la première fois, à Paris, sur le théâtre de l'Opéra-
Comique, le 5 juillet 1855.

PARIS

MICHEL LÉVY FRÈRES, LIBRAIRES-ÉDITEURS

RUE VIVIENNE, 2 *bis*.

—

1855

Distribution.

VILLIAM, contre-maître. . . . . . . MM. Bussine.
TOM, garçon de ferme. . . . . . . Ponchard.
DICK, garçon de ferme. . . . . . Lejeune.
JEANNE, fermière. . . . . Mmes A. Favel.
BETTY, fileuse. . . . . Rey.

*La scène se passe aux environs d'une ville manufacturière
de l'Angleterre.*

Nota. La mise en scène exacte de cet ouvrage est rédigée et publiée
par M. Palianti.

L'ANNEAU D'ARGENT

Le théâtre représente le carrefour d'une route. — A droite, l'entrée d'une ferme. — Au fond, vers la gauche, un mur percé d'une porte, et au-delà, les cheminées d'une fabrique. — A gauche, sur le premier plan, un lavoir couvert, entouré d'une margelle de pierre, — A droite, un arbre et un banc de gazon.

SCÈNE PREMIÈRE.

BETTY, puis JEANNE.

La scène reste vide un moment. On entend un chœur lointain d'ouvriers.

INTRODUCTION.

Le chœur dans la coulisse.

Glisse, glisse navette
Entre nos doigts !
Là-bas, chante l'avette
Au fond des bois !
Glisse, glisse navette,
Entre nos doigts !
Là-bas, la paquerette
Fleurit parfois.
Glisse, glisse navette,
Entre nos doigts.
Là-bas rit la chambrette
Du villageois !
Glisse, glisse navette,
Entre nos doigts !

Betty paraît à la porte de la fabrique et entre en scène,

BETTY.

Non, ne travaillons plus ! d'une triste pensée
Mon âme est oppressée !
Que l'air est doux à respirer !...
Ici, du moins, je puis pleurer !...

JEANNE, dans l'éloignement.

Ah ! ah ! ah ! ah !
Mon amoureux !
Ah ! ah ! ah ! ah !
Soyons heureux !

BETTY.

Mais qui donc chante ainsi ?
Allant regarder sur la route.
Ah ! c'est Jeanne ! Elle vient ici,

De plaisir animée!
Heureuse femme!... Elle aime! elle est aimée!
Hélas! hélas!
Moi, l'on ne m'aime pas!

Quand le soleil descend dans la vallée,
Quand les oiseaux s'éveillent en chantant,
Le cœur malade et l'âme désolée,
Pauvre Betty, la fatigue t'attend!

Jeanne entre en scène sans apercevoir Betty. — Un grand chapeau de paille l'a-
brite du soleil. — Elle porte un panier plein de fleurs.

JEANNE.

Je sais un bois fleurissant,
Verdissant,
Où se trouvent, par centaines
Ces roses et ces œillets
Vermeillets,
Dont mes mains sont toutes pleines.

Ah! ah! ah! ah!
Mon amoureux!
Ah! ah! ah! ah!
Soyons heureux!

Elle s'assied sur la margelle du lavoir et arrange ses fleurs.

BETTY, à l'écart.

Pour toi, Betty, point de saison nouvelle,
Point de repos à l'ombre d'un buisson!
A ton travail la cloche te rappelle,
Rentre en pleurant dans ta noire prison!

JEANNE.

William quand il reviendra
Les aura!
Pour lui prouver que je l'aime,
Je lui dirai que pour lui,
Aujourd'hui,
Je les ai cueillis moi-même.

ENSEMBLE.

JEANNE.	BETTY, tristement.
Ah! ah! ah! ah!	Ah!
Mon amoureux!	Beaux amoureux!
Ah! ah! ah! ah!	Ah!
Soyons heureux!	Soyez heureux!

Le chœur dans l'éloignement.

Là-bas, chante l'avette,
Au fond des bois.
Glisse, glisse navette,
Entre nos doigts!

JEANNE.

Ah! te voilà, petite Betty?.. comment vas-tu, mon enfant?

BETTY.

Assez bien, madame Jeanne, je vous remercie... Vous êtes gaie ce matin.

JEANNE.

Et pourquoi serais-je triste, Betty ?.. Je suis gaie comme les oiseaux, et je chante comme eux.

BETTY.

Que vous êtes heureuse !

JEANNE.

Comme tu dis cela tristement... Est-ce que tu es malheureuse, toi? pauvre enfant !.. Sois tranquille ! quand William sera mon mari...

BETTY.

Votre mari !..

JEANNE.

Ne le sais-tu pas?.. c'est une affaire conclue, ma chère, et dans huit jours... Eh ! bien, qu'as-tu donc ?

BETTY.

Moi ?.. Rien... rien du tout !..

JEANNE.

A vrai dire, j'hésitais un peu, car je ne sais pas encore si William sera aussi bon fermier qu'il est bon contre-maître !.. mais après tout, j'ai mon premier garçon, Tom, qui a l'habitude de diriger la ferme... et puis, William m'avait priée... et ce garçon-là vous a des paroles si engageantes que, ma fine, je n'ai pas eu le courage de lui résister !.. Mais, je ne l'ai pas encore vu ce matin... Où donc est-il?

BETTY.

Ne devait-il pas aller à la ville ?

JEANNE.

Ah ! oui, je me rappelle... des papiers dont il a besoin pour notre mariage... Adieu, Betty, quand il reviendra, dis-lui que je l'attends.

BETTY.

Oui, madame Jeanne.

JEANNE.

Et surtout, ne te fais pas de chagrin... Je vois bien que tu pleures quelquefois, et cela me fait de la peine; car j'ai une vraie amitié pour toi !.. Aussi, j'ai mon projet, et sitôt que je serai mariée...

BETTY.

Eh bien?..

JEANNE.

Je ne te dis que ça... Le soleil luit pour tout le monde, et je veux que nous soyons tous heureux... Adieu !

(Tom sort de la ferme au moment où Betty rentre dans la fabrique.)

SCÈNE II.

TOM, JEANNE.

TOM d'un air triste.

Pardon, bourgeoise...

JEANNE.

Après ?

TOM.

Après ?.. Vous êtes donc bien pressée que je m'en aille ?

JEANNE.

Moi !.. Où vois-tu cela ?.. à qui en as-tu ?

TOM.

Si je vous gêne, il faut le dire !..

JEANNE.

Eh ! non, tu ne me gênes pas, imbécile !.. Tu me dis : pardon, bourgeoise... je te réponds : après. Qu'est-ce que tu veux de plus ?

TOM.

Les femmes sont si capricieuses !

JEANNE.

Ah ! tu me feras perdre patience, à la fin !

TOM.

C'est bon. Je reviendrai. (Fausse sortie.)

JEANNE, l'arrêtant.

Eh ! mordi, ne t'en vas pas ! tu seras plus tôt revenu !.. Mais voyez quelle mouche le pique ? Depuis huit jours tu n'es pas reconnaissable.., tu vas... tu viens... tu te démènes, tu parles tout seul, tu pousses des soupirs comme un soufflet de forge !.. C'est t'y raisonnable, tout ça ?.. Voyons, parle. Qu'est-ce qui te fâche ?

TOM.

Moi? rien !.. William est un bon garçon, n'est-ce pas ! vous êtes contente?.. Eh bien ! moi aussi !.. Vive la joie ! nous danserons à la noce !.. les bouteilles ont pris les devants, par exemple.

JEANNE.

Comment les bouteilles ?

TOM.

C'est une manière de dire qu'elles n'ont pas attendu la noce pour entrer en danse !.. Ah ! dam ! c'est que l'ami William s'entend à leur faire vis-à-vis... sans reproche !.. Vous savez bien ce vieux Bordeaux qui vous venait du défunt?

JEANNE.

Oui... Eh bien ?

TOM, se frottant les mains.

Eh bien! c'est fini! plus de Bordeaux ! plus de Madère ! plus rien !.. Le cellier est vide, quoi !

JEANNE.

Déjà !..

TOM.

Mais oui !.. Et c'est William qui a tout bu.

JEANNE.

C'est bon, j'en ferai venir d'autre.

TOM.

Ah ! c'est qu'il lui faut de bon vin, à M. William !.. Il n'aime pas la bière, M. William.

JEANNE.

Eh bien, quoi ! M. William ?.. Ne vas-tu pas me dire du mal de lui, maintenant ?

TOM.

Moi ! vous dire du mal de lui, bourgeoise ? ah ! bien, par exemple !.. mais, c'est mon meilleur ami, voyez-vous !.. mais, je me ferais tuer pour lui, voyez-vous !.. Seulement, je dis qu'il a soif, ce n'est pas dire du mal !

JEANNE.

Allons, c'est bon, suis-moi. (Elle entre dans la ferme.)

TOM.

Gredin, va !.. si je te tenais !.. Ah ! diable ! je l'entends !
(Il entre en courant dans la ferme.)

SCÈNE III.

WILLIAM seul, un bâton à la main et une gourde de l'autre.

PREMIER COUPLET.

Le vin, l'amour et les chansons,
Nous charment en toutes saisons ;
C'est l'amour qui nous rend aimables !
Le vin dissipe nos chagrins
Et rien ne vaut les gais refrains
Chantés en chœur autour des tables !
C'est pourquoi je veux tour à tour
Chanter, boire et faire l'amour !

    Je suis Anglais ;
    Mais à la bière
    De l'Angleterre
    Moi je préfère
    Un vin français !
    Je suis Anglais !
Mais quand je tiens mon verre,
    Je suis Français !

(Il boit à même la gourde).

DEUXIÈME COUPLET.

La bière, dans le cœur plus lourd,
Répand l'ivresse sans l'amour !
C'est elle qui nous rend moroses !

Ne soyons pas ivres, mais gris !
Le vin réveille les esprits
Et sous nos pas, sème des roses !
Sur le cep par Noé planté
Mûrit la joie et la gaieté !
Je suis Anglais ;
Mais à la bière
De l'Angleterre,
Moi je préfère
Un vin français !
Je suis Anglais !
Mais quand je tiens mon verre,
Je suis Français !

Encore une rasade ! (Il porte la bouteille à ses lèvres.) Tiens, il n'y en a plus !.. Le fait est que la route est longue d'ici à la ville, et que ce petit vin-là m'a tenu fidèle compagnie !.. Il y a une fin à tout !

SCÈNE IV.

WILLIAM, BETTY.

BETTY, sortant de la fabrique.

Le voici !

WILLIAM.

Ah ! ah ! c'est toi !.. Eh bien ! c'est comme ça que tu travailles ?

BETTY.

Excusez-moi, monsieur William, j'étais si fatiguée !..

WILLIAM.

Bon ! Est-ce qu'on est fatigué ? Il faut qu'on travaille, je ne connais que ça, moi ! (Betty fait mine de rentrer à la fabrique.) Eh ! bien, où vas-tu ?

BETTY.

Mais...

WILLIAM.

Voyons ! reviens ici ! (à part.) C'est vrai ! au fait ! Elle est toute pâlotte, cette pauvre petite !.. (Haut.) Je ne dis pas ça pour te chagriner, au moins !.. au contraire !.. c'est à cause des autres, vois-tu !.. Mais tâche donc d'attraper de bonnes couleurs une fois !

BETTY.

Ah ! dam ! il faudrait de l'air pour ça !

WILLIAM.

Et on n'en a guère là-dedans, n'est-ce pas ? Il fallait le dire tout de suite... je t'aurais trouvé quelque chose à faire. (Montrant des laines placées sur la margelle du lavoir.) Tiens, ces laines à laver... aimes-tu mieux ça que l'atelier ? oui ? eh bien, c'est dit !... Tu auras du soleil, au moins, et tu pourras te reposer à ton aise !

BETTY.

Merci, monsieur William !

WILLIAM.

Il ne faut pas m'en vouloir parce que je parle un peu rude, vois-tu ?.. c'est une habitude comme ça ; mais dans le fond, je t'aime de tout mon cœur !

BETTY.

Bien vrai ?

WILLIAM.

Puisque je te le dis !.. Ah ! dam ! c'est que tu ne ressembles pas aux autres, toi !.. tu es bien sage, bien honnête... j'ai vu cela tout de suite, quand tu es entrée à la fabrique... Je me suis dit : voilà une pauvre enfant qui n'a pas de famille, pas d'amis ! Eh bien ! je veux être tout cela pour elle !.. Et depuis ce jour-là, je me suis senti pour toi comme une amitié de frère.

BETTY.

Aussi, je suis bien heureuse tant que vous êtes là, monsieur William ! Mais quand vous n'y serez plus !

WILLIAM.

Comment?

BETTY.

N'allez-vous pas vous marier !

WILLIAM.

Ah ! ah ! tu sais donc ça, toi ?

BETTY.

Madame Jeanne m'a tout dit.

WILLIAM.

Eh bien ! sois tranquille, je t'ai déjà recommandée à celui qui me remplacera ! c'est un ami.

BETTY.

Ah ! c'est égal ! ça ne sera pas vous !

WILLIAM.

Dam ! non... puisque je deviens fermier, tu comprends !.. et à propos de ça, qu'est-ce que tu penses de ce mariage-là, toi ? Je sais bien ce qu'on pourrait trouver à redire : Elle est veuve !.. mais, bast ! au bout de quatre ans !.. Et puis, le défunt avait du bon... dans sa cave !

BETTY.

Vous l'aimez donc bien ?

WILLIAM.

Quoi ? sa cave ?

BETTY.

Mais non ; madame Jeanne !

WILLIAM.

Puisque je l'épouse !..

BETTY.

C'est vrai, au fait, puisque vous l'épousez !

1.

WILLIAM, à part.

Quelle drôle de petite fille ! (Haut.) Est-ce qu'elle ne t'a rien dit pour moi ?

BETTY.

Elle m'a dit qu'elle vous attendait à la ferme.

WILLIAM.

C'est bon, j'y vas !.. Avec ça que j'ai une soif !

BETTY.

Monsieur William !..

WILLIAM.

Quoi ?

BETTY.

Vous avez une bien jolie marguerite à votre boutonnière.

WILLIAM.

Tu trouves ?

BETTY.

Oui !.. Est ce que vous seriez assez bon pour me la donner ?

WILLIAM.

Il y en a des foisons dans les champs ; ça n'est pas bien précieux !

BETTY.

Donnez-moi votre marguerite.

WILLIAM.

Eh bien, la voilà ! (Il la lui donne.)

BETTY.

Merci, monsieur William.

WILLIAM, à part.

Quelle drôle de petite fille !.. Elle est folle, c'est sûr !

SCÈNE V.

LES MÊMES, JEANNE, puis TOM.

JEANNE.

Eh ! c'est William ! Bonjour, mon ami.

WILLIAM.

Bonjour, madame Jeanne ! voulez-vous me permettre de vous embrasser ?

JEANNE.

Au point où nous en sommes ! (Elle lui tend la joue.)

WILLIAM, l'embrassant sur l'épaule.

Ah ! saperlotte !..

JEANNE.

Vous dites ?

WILLIAM.

Moi ? rien... Et l'autre joue ?

JEANNE.

Non, monsieur!.. c'est assez pour une fois !..

WILLIAM.

Ah !

JEANNE.

Quand nous serons mariés, à la bonne heure! Avez-vous vos papiers?

WILLIAM.

Oui... ça ne dépend plus que de vous, maintenant.

JEANNE.

Vous êtes donc bien pressé, monsieur William?

WILLIAM.

Dam! j'aime à faire les choses rondement, moi !

JEANNE.

Il ne faut pourtant pas avoir l'air d'en perdre la tête, non plus ! Savez-vous? pour patienter, je fais des projets toute seule !

WILLIAM.

Oui? Eh bien ! il vaut mieux les faire à deux !

JEANNE.

Quels sont vos projets, à vous ?

WILLIAM, lui offrant son bras.

Dites-moi d'abord les vôtres.

JEANNE.

Oh ! les miens sont bien simples.

TOM, à part.

Encore ensemble!.. j'en étais sûr.

BETTY, à part.

Qu'ils sont heureux!..

QUATUOR.

JEANNE.

Je veux qu'on suive la fermière
Qui passera joyeuse et fière
Au bras de son époux!
Et que les filles du village
Qui me verront sur leur passage
En aient le cœur jaloux !
Eh bien ! que vous en semble?

WILLIAM.

Ah ! vraiment!
C'est charmant !
Faisons des projets ensemble!

JEANNE et WILLIAM.

Oui, vraiment!
C'est charmant !
Qu'on est heureux en s'aimant!

(Ils causent à voix basse).

BETTY (au lavoir).
Dans la fontaine,
Lavons la laine !
Plus d'espérance !... Et pourtant
Mon cœur en les écoutant
Me dit tout bas : si Jeanne est belle,
Tu l'es comme elle !...
TOM (à la fenêtre).
Il lui parle amoureusement !
Tendrement !! langoureusement !!!

ENSEMBLE.

WILLIAM et JEANNE,
Oui, vraiment !
C'est charmant !
Qu'on est heureux en s'aimant !

BETTY.	TOM.
O tourment !	Oh ! vraiment !
Dieu clément !	Quel amant !
Qu'ils sont heureux en s'aimant !	Il m'amuse infiniment !

JEANNE.
Et vous? n'avez-vous pas de beaux projets en tête ?
WILLIAM.
Si fait ! comme le tien, tout mon cœur est en fête !
Je veux qu'au retour du dimanche
En frais atours, en robe blanche,
Tu passes à mon bras !
Et que te voyant si jolie,
Les garçons en crèvent d'envie,
Et courent sur tes pas !
Cher amour ! que t'en semble ?
JEANNE.
Ah ! vraiment !
C'est charmant !
Faisons des projets ensemble !
JEANNE et WILLIAM.
Oui, vraiment !
C'est charmant !
Qu'on est heureux en s'aimant !
BETTY.
Dans la fontaine,
Lavons la laine !
Mais ainsi qu'en un miroir,
Dans l'onde je puis me voir !
Elle me dit : si Jeanne est belle,
Tu l'es comme elle !...
TOM.
Gredin ! ivrogne ! garnement !
Va donc ! fais-lui du sentiment !

ENSEMBLE.

JEANNE et WILLIAM.	BETTY.
Oui, vraiment!	O tourment!
C'est charmant!	Dieu clément!
Qu'on est heureux en s'aimant!	Qu'ils sont heureux en s'aimant!

TOM.

Ah! vraiment!

Quel amant!

Il m'amuse énormément!

(William et Jeanne se lèvent.)

WILLIAM.

Jamais de querelle!

JEANNE.

Jamais de courroux!

WILLIAM.

Sois toujours fidèle !

JEANNE.

Ne sois pas jaloux!

TOM.

Bravo! fort bien! mariez-vous!

ENSEMBLE.

JEANNE et WILLIAM.

Ah! le bonheur

Pour toujours enivre mon cœur!

BETTY.

Ah! leur bonheur

Pour toujours déchire mon cœur!

TOM.

Ah! leur bonheur

Me fait enrager de bon cœur !

(Tom se retire de la fenêtre.)

JEANNE, prenant les mains de William.

Vous êtes donc content?-

WILLIAM.

Content!.. elle le demande!.. Mais c'est-à-dire que si j'avais déjeûné...

JEANNE.

Comment! vous êtes encore à jeun? Eh! que ne le disiez-vous tout de suite? Je vais vous donner à déjeûner, moi !

WILLIAM.

Bonne petite femme! comme elle me soigne! (à part.) Voilà l'avantage d'une veuve !..

JEANNE.

Seulement je vous préviens que je n'ai plus de vin à vous offrir...le cellier est vide.

WILLIAM.

Ah! diable !

JEANNE.

Tom ira vous chercher de l'eau fraîche.

WILLIAM.

De l'eau !..

JEANNE.

Venez-vous ?

WILLIAM, à part.

Bah !.. pour cette fois... je tâcherai de m'y faire.

JEANNE.

Allons ! monsieur le fermier.

WILLIAM.

Allons ! madame la fermière. (Ils se prennent par le bras et entrent dans la ferme.)

SCÈNE VI.

BETTY, seule. Elle les regarde s'éloigner, assise sur la margelle du lavoir

Hélas !.. il s'en va sans même retourner la tête de mon côté.

AIR.

O blanche marguerite,
Chère petite,
Je n'attends rien de toi !
Je sais bien que ta feuille
Si je la cueille
Ne dira rien pour moi !
(En effeuillant la marguerite.)
Et cependant, malgré moi-même,
Tu t'effeuilles entre mes doigts !
Un peu ? beaucoup ?... Dis moi qu'il m'aime,
O marguerite, et je te crois !
Feuilles, tombez ! tombez encore !...
Répétez-moi vos doux serments !
Tombez ! et dites qu'il m'adore !...
Il m'aime ?... ah ! pauvre fleur, tu mens !...
(Elle laisse tomber la marguerite.)
O blanche marguerite !
Chère petite !
Qu'attendais-je de toi !...
Ce mot charmant : je t'aime !
William, lui-même,
Le dit !... mais ce n'est pas à moi !
Hélas !
Hélas !
Ce mot si doux n'est pas pour moi !
(Elle se prend la tête entre ses mains et pleure.)

Eh bien, non ! je partirai !... Je chercherai du travail dans une autre fabrique. (Elle s'assied sur le banc de gazon.)

SCÈNE VII.

BETTY, TOM.

TOM, sortant de la ferme et marchant à grands pas.

Eh bien ! oui ! je m'en irai !.. j'irai n'importe où !.. ça m'est égal, pourvu que je ne les voie pas roucouler à toutes les heures du jour comme deux tourtereaux !.. c'est vrai, ça m'agace !.. Il y en a un de nous deux qui est de trop dans la ferme ! lui ou moi !... et il paraît que c'est moi ! (Voyant Betty.) Ah ! ah ! vous voilà, mademoiselle Betty ! Merci !.. pas mal. Et vous ? vous ne savez pas?... Je m'en vas ! Mais auparavant, voyez-vous ! je vas lui dire !.. je vas lui dire de me régler mon compte ! et quand je ne serai plus là, nous verrons un peu comment ça marchera. Ses bœufs, ses chevaux, ses moutons, ses canards! Pauvres bêtes !... Je trouverai bien ailleurs des moutons, des canards, des bœufs et des fermières !.. mais ça ne sera pas les mêmes !

BETTY.

Pauvre garçon, vous avez du chagrin?

TOM.

Merci ! pas mal ! et vous? Tiens ! vous pleurez ! vous pleurez aussi !.. Eh bien ! tant mieux ! nous pleurerons ensemble !.. ce n'est pas moi qui vous consolerai, allez !

BETTY.

Qu'est-ce qui vous est donc arrivé?

TOM.

Il m'est arrivé que celle que j'aime, ne m'aime pas, et qu'elle en aime un autre ! et le pire, c'est que l'autre est mon ami !.. et qu'il est plus fort que moi !.. Tenez !.. les entendez-vous qui rient là-bas? Est-ce triste à voir ?

BETTY, à part.

Allons, du courage!.. et partons ! (Elle rentre dans la fabrique.)

TOM.

C'est décidé !.. je vas lui demander mon compte !

SCÈNE VIII.

TOM, JEANNE.

JEANNE, sortant de la ferme en riant.

Allons, allons, il n'aime pas l'eau ce bon William !... il faudra bien qu'il s'y habitue pourtant !...

TOM.

Pardon, bourgeoise.

JEANNE.

Que veux-tu encore?

TOM.

Pour lors, bourgeoise, je m'en vas.

JEANNE.

Tu t'en vas.

TOM.

Mon Dieu, oui, bourgeoise ! il faut que je vous quitte.

JEANNE.

Es-tu fou ?

TOM.

Non, bourgeoise.

JEANNE.

Et pourquoi me quittes-tu ?

TOM.

Pour des raisons.

JEANNE.

Mais tu as donc à te plaindre de moi ?

TOM.

Me plaindre de vous, bon Dieu ! me plaindre de vous !... allons donc !... Est-ce que c'est possible ?

COUPLETS.

I.

Et qui donc se plaindrait de vous !
Quels reproches peut-on vous faire ?
N'êtes-vous pas bonne pour tous ?
Ne me traitez-vous pas en frère ?
Vous avez des façons à vous,
Même de vous mettre en colère,
Qui rendent vos regards plus doux
Et votre bouche moins sévère !...

JEANNE.

(Parlé) Pourquoi donc alors...

TOM.

Non ! bourgeoise ne cherchez pas
A retenir ici mes pas !
Il faut que je vous quitte,
Et tout de suite !
Mes bêtes vont se désoler !
C'est égal ! je veux m'en aller !

JEANNE.

Mais, encore une fois, pourquoi t'en aller ?

TOM.

Pour des raisons ! Seulement, je vous recommande mes bêtes.

JEANNE.

Tes bêtes !

TOM.

Ah ! dam ! voyez-vous, c'est qu'il ne faut pas les traiter comme des chiens.

II.

Oui, mes bêtes sont comme vous,
Je n'en ai pas vu de meilleures ;
Mais elles n'aiment pas les coups
Et veulent manger à leurs heures !
Mes canards, mes moutons, mes bœufs,
Avec vous c'est tout ce que j'aime !...
Hélas ! quand je serai loin d'eux,
Bourgeoise, soignez-les vous-même !...

JEANNE.

(Parlé) Mais...

TOM.

Non, c'est fini ! ne cherchez pas
A retenir ici mes pas !
Il faut que je vous quitte
Et tout de suite !...
Mes bêtes vont se désoler !...
C'est égal, je veux m'en aller !...

SCÈNE IX.

LES MÊMES, WILLIAM.

JEANNE.

Eh bien ! va-t-en !...

WILLIAM.

Comment, va-t-en ! tu veux t'en aller !.. Et pourquoi diable t'en aller ?

JEANNE.

C'est justement ce que je lui demande et ce qu'il ne veut pas me dire.

WILLIAM.

Quoi ! sérieusement ! Mais tu perds la tête, mon pauvre garçon ; crois-tu que tu retrouveras jamais une bourgeoise comme elle et un ami comme moi ?...

TOM.

Oh ! non !...

WILLIAM.

Eh bien, alors ?

TOM.

Alors, je m'en vas. Adieu, bourgeoise.

JEANNE.

Attends que je t'aie payé au moins.

TOM.

Payé... ah ! oui, c'est vrai, vous me devez de l'argent.

WILLIAM.

Mais, imbécile, que veux-tu que nous devenions sans toi ?... Est-ce que tu t'entends à conduire une ferme ?... Tout ira de travers.

TOM.

Eh bien, tant mieux ! c'est ce que je désire !...

JEANNE.

Comment, tant mieux !...

TOM.

C'est-à-dire non... ; enfin n'importe, je m'en vas.

JEANNE.

Soit !... je vais régler ton compte et tu seras libre. Suis-moi !... (Elle rentre dans la ferme.)

WILLIAM.

Écoute ! si tu es gris, fais un somme ; ça te fera changer d'idée !

TOM.

Non, monsieur, je ne suis pas gris !

WILLIAM.

Monsieur !...

TOM.

J'suis pas gris, moi, monsieur !... (Il entre dans la ferme.)

SCÈNE X.

WILLIAM seul.

Monsieur !... à qui en a–t-il ?... mais non, c'est de la folie ! De quoi peut-il m'en vouloir ? que lui ai-je fait ? Est-ce que je ne suis pas son ami ? Est-ce que je n'ai pas toujours pris ma part des horions qui lui revenaient ?... Je ne sais pas si c'est lui ou l'eau que je viens de boire, mais me voilà tout triste maintenant... Bah ! il n'a pas dit son dernier mot !... au diable les idées noires !... (Allant s'asseoir à droite sur les bottes de foin.) Ah ! tu ne veux pas danser à ma noce !... eh bien, on dansera sans toi ! Je ferai danser Betty... pauvre Betty ! comme elle sera contente quand elle saura que madame Jeanne veut qu'elle habite avec nous. Je suis sûr qu'elle aura bientôt retrouvé sa gaîté..., et que ses bonnes couleurs lui reviendront, et qu'elle paraîtra alors si jolie que ma femme en sera jalouse ! Ah ! dame ! C'est qu'elle n'est pas trop laide non plus, cette petite Betty !... Et puis elle n'est pas veuve ! et elle ne m'a jamais forcé à boire de l'eau !... Allons ! allons ! il faut que je fasse un somme là-dessus pour n'y plus penser... Je tâcherai de rêver que je bois le vin du défunt.. à la santé de Betty... (Il s'endort peu à peu.)

SCÈNE XI.

WILLIAM, endormi ; BETTY, puis JEANNE.

BETTY, sortant de la fabrique avec un petit paquet sous le bras.

Le voilà... il dort !...

Triste enfant sans famille,
Destinée à souffrir,
Hâte-toi, pauvre fille,
De quitter la prison où tu voulais mourir !...
Mais en perdant tout ce que j'aime
J'en veux garder au moins un souvenir !
(Indiquant une bague que William porte au doigt.)
Cet anneau !... si j'osais... j'ai peur... Ah ! Dieu ! lui-même...
Lit dans mon âme et ne peut m'en punir !...
(Elle pose son paquet près d'elle et tire doucement la bague du doigt de William.)

JEANNE, paraissant à la fenêtre.

Que vois-je !

BETTY.

Adieu, mon William, adieu ! (Elle sort en courant.)

JEANNE.

Eh bien ! Betty ! Betty !... écoute donc !... Bon ! la voilà déjà
bien loin... pauvre enfant ! Si j'avais pu me douter... c'est
qu'elle a l'air de l'adorer vraiment !... (montrant William.) Et ce
beau monsieur-là qui ne s'en est seulement pas aperçu.

(Elle ferme la fenêtre et disparaît. Tom sort de la ferme son paquet sur l'é-
paule. Dick le suit portant deux seaux.)

SCÈNE XII.

TOM, DICK.

TOM.

Ainsi tu me le promets.

DICK.

Oui.

TOM.

Tu les soigneras comme tes propres enfants ?

DICK.

Oui.

DICK.

C'est que, vois-tu... il ne faut pas que ça te fâche... mais
tu leur parles quelquefois trop brutalement... ça les afflige ces
bêtes ! Tu n'aimes pas que madame Jeanne te brusque, pas
vrai ? Eh bien, les bêtes et toi c'est la même chose...

DICK.

C'est vrai ça.

TOM.

Ah !... Et puis donne-leur de l'eau de source... parce que
l'eau de puits...

DICK.

Je vas en chercher.

TOM.

Attends... (Tirant une petite boîte de sa poche.) Voilà une petite
boîte... que tu remettras à madame Jeanne quand elle sera

seule... Ça n'est pas bien précieux... mais ça lui fera tout de même plaisir... (Lui tendant les bras.) Allons, adieu, Dick.

DICK.

Adieu, Tom !

(Ils s'embrassent. Dick en jetant ses deux bras autour du cou de Tom laisse tomber ses deux seaux.)

WILLIAM, se réveillant.

Hein ?

TOM, se réveillant.

Adieu ! (Il sort en courant.)

WILLIAM.

Eh bien ! il s'en va !..

DICK, reprenant ses seaux.

Je ne me souviendrai jamais de tout ce qu'il ma dit. (Jeanne sort de la ferme.)

SCÈNE XIII.

DICK, JEANNE, WILLIAM, caché.

JEANNE.

Dick !

WILLIAM, à part.

La fermière !

JEANNE.

Est-ce que Tom est parti ?

DICK.

Oui, bourgeoise.

JEANNE.

Eh bien ! bon voyage ! je n'ai pas envie de courir après lui...

DICK.

Bourgeoise, voilà une boîte qu'il m'a chargé de vous remettre quand vous seriez seule.

JEANNE.

Donne. (Ouvrant la boîte.) Une paire de boucles d'oreilles... avec une lettre !...

WILLIAM, à part.

Une lettre !

JEANNE.

Voyons. (Elle lit.) « Ma chère maîtresse, j'ai toujours entendu » dire que c'était trop de deux coqs dans la même basse-cour... » c'est pourquoi je m'en vas. Je vous aime trop pour rester à » la ferme quand vous serez la femme d'un autre... »

WILLIAM, à part.

Ah ! bah !

JEANNE.

« Si vous voulez quelque chose de moi, voilà des boucles

» d'oreilles que j'ai achetées à la ville avec mes économies, et
» que je comptais vous donner le jour de votre fête. Rien autre
» chose à vous marquer si ce n'est que je suis pour la vie...
» Tom. » Pauvre garçon !

WILLIAM, à part.

Comment, c'était de l'amour !

JEANNE.

C'est qu'elles sont très-jolies ses boucles d'oreilles !

WILLIAM, à part.

Pourquoi ne le disait-il pas tout de suite !

JEANNE.

Si je pouvais faire revenir Betty seulement ! (A Dick.) Pose là
tes seaux et écoute... (Elle remonte la scène avec Dick en lui parlant bas.)

WILLIAM, à part.

Il y aurait peut-être eu moyen de s'arranger... La fermière a
un minois agaçant, c'est vrai, mais il y en a d'autres... et puis
c'est sa faute !... Le vin qu'elle m'a fait boire m'est resté sur
le cœur !...

JEANNE, à Dick.

Tu m'entends, hâte-toi !

DICK.

Oui, bourgeoise. (Il sort en courant.)

SCÈNE XIV.

WILLIAM, JEANNE.

WILLIAM.

Hum ! hum !

JEANNE.

Ah ! le voilà réveillé.

WILLIAM, à part.

Que lui dire ?

JEANNE.

Que faire ?

WILLIAM.

C'est qu'elle raffole de moi !

JEANNE.

C'est qu'il m'adore !

WILLIAM.

Ma foi, tant pis ! Mon parti est pris !

JEANNE.

Allons. (S'approchant de William.) Eh bien, monsieur William.

WILLIAM.

Eh bien, madame Jeanne.

JEANNE.

Vous savez que Tom a quitté la ferme ?

WILLIAM.

Ah ! ah ! Eh vous l'avez laissé partir comme çà ?

JEANNE.

Dame ! il a bien fallu.

WILLIAM.

Ce pauvre Tom ! C'est qu'il vous était bien utile tout de même ?

JEANNE.

Pardi ! sans vous, monsieur William, je ne saurais plus où donner de la tête.

WILLIAM.

Sans moi ! bon ! (Haut.) Comment, sans moi ?

JEANNE.

Sans doute ! c'est sur vous que j'ai compté.

WILLIAM.

Ah ! diable ! Et pourquoi faire ?

JEANNE.

C'est justement ce que j'allais vous demander.

DUO.

JEANNE.

Nous avons bien dans notre tête
Arrangé des projets de fête ;
Mais me voici dans l'embarras.
Dites-moi c'est la grande affaire,
Ce que chez moi vous comptez faire !
Car enfin vous ne voulez pas
Sans doute vous croiser les bras.

ENSEMBLE.

JEANNE.   WILLIAM.

Répondez ! que comptez-vous faire ?   Diable ! que dites-vous ma chère ?

JEANNE.

Songez qu'il va falloir
Courir matin et soir !
Soigner la bergerie,
L'étable et l'écurie,
Surveiller les travaux,
Etriller les chevaux ;
Quand l'aube est reparue,
Conduire la charrue ;
Et, dès le point du jour,
Etre à la basse-cour !
Prendre grand soin qu'on range
La moisson dans la grange ;
Vous exposer souvent
Au froid, au chaud, au vent !
Surtout rester valide,
Etre toujours solide ;

Greffer, semer, planter,
Arroser, récolter,
Enfin, vous éreinter !
ENSEMBLE.

JEANNE.   WILLIAM.
Quand on a du courage   Ah ! diable que d'ouvrage !
On ne craint pas l'ouvrage !   Malgré tout mon courage,
Voilà d'un bon fermier   Je trouve qu'un fermier
La vie et le métier !   Fait un vilain métier !

JEANNE.

Eh bien ?

WILLIAM.
Eh bien, s'il faut le dire,
Ce n'est pas ce qui me convient !...
JEANNE.
A mes dépens voulez-vous rire ?
WILLIAM.
Non, ce métier-là ne vaut rien !
Je ne sais pas, tant je suis bête,
Distinguer le blé du chardon.
JEANNE.

Nigaud !

WILLIAM.
Vous êtes bien honnête !
JEANNE.
Mais alors que savez-vous donc ?
WILLIAM.
Ce que je sais !
JEANNE.
Eh ! oui, sans doute.
WILLIAM.
Ce que je sais !!
JEANNE.
Je vous écoute.
WILLIAM.
Je sais, par mes chansons,
Egayer les garçons !
Quand elles sont gentilles,
Je sais charmer les filles !
En faisant des bons mots,
Je sais vider les pots !
Je sais plaire aux fermières ;
Je sais casser les verres,
Parfois même, étant gris,
Je casse les maris !
Mais surtout je sais être
Chez moi toujours le maître ;
Quand on hausse le ton,
Je sais prendre un bâton !

Voilà ce qu'on sait faire,
Hormis cela, ma chère,
Ne m'avouerez-vous pas
Qu'un brave homme ici-bas
Peut se croiser les bras !

ENSEMBLE.

<table>
<tr><td>WILLIAM.</td><td>JEANNE.</td></tr>
<tr><td>Morbleu ! voilà l'ouvrage
Qu'on fait avec courage !
Au diable d'un fermier
La vie et le métier !</td><td>Voyez comme à l'ouvrage
Il montre du courage ;
Il ne peut d'un fermier
Apprendre le métier !</td></tr>
</table>

JEANNE.

Comment donc ira la ferme ?

WILLIAM.

Pardine !... elle n'ira pas !

JEANNE.

Si vous restez comme un therme !

WILLIAM.

Je ne serai jamais las !

JEANNE.

Mon premier mari...

WILLIAM.

La peste !

JEANNE.

En savait plus long que vous.

WILLIAM.

Oui, c'était un bon époux,
Un bon fermier... et le reste !...

JEANNE.

Depuis deux ans qu'il est mort,
Hélas ! je le pleure encor !...

WILLIAM.

Ah ! vous venez d'en rabattre !...
Deux ans !... Vous m'aviez dit quatre !

ENSEMBLE.

<table>
<tr><td>WILLIAM.</td><td>JEANNE.</td></tr>
<tr><td>Vous me trompiez, c'est fort bien,
De vous je ne veux plus rien !</td><td>Vous me trompiez, je vois bien
Que vous n'êtes bon à rien !...</td></tr>
</table>

ENSEMBLE.

JEANNE et WILLIAM.

Ah ! Dieu merci !
Entre nous plus d'affaire !
Plus de souci,
De curé, de notaire !...
Plus d'embarras !
Je ne l'épouse pas !
C'est convenu,
C'est entendu,
Tout est rompu !

JEANNE, à part.

J'ai réussi !...

WILLIAM, à part.

Le tour est fait !...

SCÈNE XV.

LES MÊMES, BETTY, DICK.

DICK, faisant marcher Betty devant lui.

Ça n'est pas tout çà... je vous dis de marcher. Il faut qu'on marche !

JEANNE, à part.

C'est Betty !

BETTY.

Mais quand je vous dis, mon bon monsieur Dick...

DICK.

Des menteries..: Il faut qu'on marche !

WILLIAM.

Hein ?... Qu'est-ce que tu as donc à chagriner cette pauvre fille ?

BETTY, à part.

William...

DICK.

Je vas vous dire... C'est madame Jeanne...

JEANNE, bas.

Mais, tais-toi donc, imbécile.

DICK.

Ah !...

WILLIAM.

Eh bien !

DICK.

Dame !... voyez-vous !... C'est qu'il paraît... comme ça...

JEANNE.

Mais parle donc, nigaud !

DICK.

Ah ! eh bien ! c'est qu'elle s'en allait d'ici avec un joyau qui n'est pas à elle !...et puisqu'il n'est pas à elle, c'est qu'il est à un autre !.. et puisqu'il est à un autre, c'est qu'elle l'a pris !.. voilà ! (A Jeanne.) C'est y ça qu'il fallait dire, bourgeoise ?..

JEANNE, bas.

Oui, tais-toi !

WILLIAM.

Un joyau !

DICK.

Regardez plutôt cette bague d'argent qu'elle a à son doigt.

WILLIAM.

Ma bague !... Pourquoi diable a-t-elle pris ma bague ?

JEANNE, à part.

Ces hommes sont bêtes ! Ils ne comprennent rien !..

WILLIAM.

Puisqu'elle te faisait envie il fallait me la demander ; je te l'aurais peut-être donnée.

BETTY.

Vrai ?

WILLIAM.

Ou du moins la pareille.

JEANNE.

Pourquoi pas celle-là ?

WILLIAM.

Je ne voulais la donner qu'à ma femme !

JEANNE.

Eh bien, quand votre femme l'aurait prise, est-ce que cela ne reviendrait pas au même ?

WILLIAM.

Ma femme !...

JEANNE, à part.

Ma foi, si Betty ne lui dit pas qu'elle l'aime maintenant, ce ne sera pas ma faute... j'aurais tout fait pour ça. (A Dick). Viens, toi !

DICK.

Oui, bourgeoise. (Jeanne et Dick rentrent dans la ferme.)

SCÈNE XVI.

WILLIAM, BETTY.

WILLIAM.

Mais Betty n'est pas ma femme ! Est-ce qu'elle devient folle, la fermière ?...

BETTY.

Pardonnez-moi, monsieur William, je vous quittais, et...

WILLIAM.

Et pourquoi nous quittais-tu ? Est-ce qu'on ne t'aimait pas ici ?...

BETTY.

Si vous saviez !...

DUETTO ET FINAL.

WILLIAM.

Non ! Betty ton ingratitude
Attriste mon cœur !
J'avais pris déjà l'habitude

De t'aimer en sœur !
Quand le sort t'est moins contraire,
Pourquoi fuir d'ici ?
Tu pouvais auprès d'un frère
Etre heureuse aussi !

ENSEMBLE.

WILLIAM.		BETTY, à part.
Pour toi mon cœur fut tendre !		Dieu ! si ma voix plus tendre
Tu m'en punis, hélas !		Osait parler tout bas !
Je ne veux plus t'entendre,	(Haut)	Ah ! William ! sans m'entendre
Non, ne te défends pas !		Ne me condamnez pas !

BETTY.

Vous m'accusez d'ingratitude !
Jugez mieux mon cœur !
J'avais pris aussi l'habitude
D'être votre sœur !...
Si tantôt j'ai pris la fuite,
J'en fais le serment,
C'est que j'avais peur ensuite
D'aimer autrement !

ENSEMBLE.

BETTY, à part.	WILLIAM, à part.
Oui, ma voix est plus tendre,	Dieu, sa voix est plus tendre !
J'ose parler, hélas !	Que me dit-elle, hélas !
Craint-il de me comprendre ?	J'ai peur de la comprendre
Il ne me répond pas !	Elle me tend les bras !...

WILLIAM.

Quoi !... c'est donc vrai !... tu m'aimes !... et cette bague !...
Ah ! imbécile que je suis !

BETTY.

Vous pleurez !...

WILLIAM.

Oui, mais de joie !

BETTY.

Que dites-vous ?

WILLIAM.

Je dis, ma chère,
Que cette bague t'appartient !

(Il lui rend la bague.)

BETTY.

O ciel !

WILLIAM.

Et si tu veux me plaire
Reçois encor mon cœur en échange du tien !...

SCÈNE XVII.

LES MÊMES, JEANNE, puis TOM.

JEANNE, éclatant de rire.

Ah! ah! ah! ah!

WILLIAM *et* BETTY, à part.

Nous sommes pris!

J'avais oublié la fermière?

JEANNE, d'un ton railleur.

Pourquoi cet air d'enfant surpris?
Pourquoi vous taire?

ENSEMBLE.

WILLIAM, à part.   BETTY, à part.

Diable! je n'y songeais plus!   Hélas! je n'y songeais plus!

JEANNE.

Ah! ah! ah! ah!

WILLIAM *et* BETTY, à part.

Qu'a-t-elle à rire?

JEANNE.

Ah! ah! ah! ah!

WILLIAM *et* BETTY à part.

Comment lui dire?

JEANNE.

Allons, quittez cet air confus.

ENSEMBLE.

JEANNE.

A quoi bon cet air confus?

W.LLIAM, à part.   BETTY, à part.

Diable! je n'y songeais plus!   Hélas! je n'y songeais plus!

JEANNE, feignant d'être en colère.

Il est donc vrai qu'on m'abandonne?...
Monstre!...

WILLIAM.

Mais...

JEANNE.

Traître!

WILLIAM.

Mais...

JEANNE.

Tais-toi!
Pour te punir, ingrat, c'est moi...
(Changeant de ton.)
C'est moi qui te la donne!

WILLIAM *et* BETTY.

Comment?

JEANNE.

Eh! oui, de mon côté,
Quand tu me trahissais pour elle,

Je crois... que j'étais infidèle !...

WILLIAM *et* BETTY.

En vérité?

JEANNE

En vérité !...
C'est Tom que j'aime !...
Mais voyez un peu quel ennui !...
Il faut que je coure après lui !...

WILLIAM.

Non pas, car le voici lui-même !...

ENSEMBLE.

WILLIAM.	JEANNE *et* BETTY.
C'est bien lui, le voici,	En effet, le voici !
Qui le ramène ici ?	Qui le ramène ici ?

(William, Jeanne et Betty se tiennent à l'écart. Tom entre en scène, son paquet sur le dos et les yeux fixés à terre.)

TOM, sans voir les autres.

Marchons encor ! marchons plus vite ! (Il s'arrête.)
De mes bêtes qui prendra soin ? (Il marche.)
Marchons, il faut trouver un gîte. (Il s'arrête.)
Les chevaux auront-ils du foin ? (Il marche.)
Marchons ! (Il s'arrête.)
          Et Trilby, mon pauvre âne,
Quand au moulin, j'allais dessus !... (Il marche.)
Marchons ! (Il s'arrête.)
          Pauvre madame Jeanne ! (Il marche.)
Marchons ! (Il s'arrête.)
          Je ne vous verrai plus ! (Il marche.)

WILLIAM, JEANNE *et* BETTY s'avançant au devant de Tom en se tenant
par la main.

Et pourquoi tant marcher ?

TOM, stupéfait et levant les yeux.
                    Que vois-je là ?

WILLIAM, JEANNE *et* BETTY.

Demeure auprès de nous !

TOM.
                    Quoi ! vous voilà !

WILLIAM, JEANNE *et* BETTY.

Sans le chercher si loin...

TOM.
                    Est-ce un vertige ?

WILLIAM, JEANNE *et* BETTY.

Le bonheur est ici !...

TOM.
                    Mais où donc suis-je ?

JEANNE.

Regarde !

TOM.
Quoi ! la ferme !...

JEANNE.

> Où nous dansons demain !...

TOM.

> Ah ! c'est ce dont j'enrage !
> Malgré tout son courage,
> Mon cœur en a, sans moi, retrouvé le chemin !...

ENSEMBLE.

JEANNE.	WILLIAM *et* BETTY.
Et ton cœur a bien fait je gage,	Et ton cœur a bien fait, je gage,
Car je te donne ici ma main !	Jeanne ici te donne sa main !

TOM, jetant son bâton et son paquet.

> Ah ! mon Dieu !... qu'est-ce que vous dites ?... comment !...
> madame Jeanne !... mais... je... ah !...

ENSEMBLE.

JEANNE, TOM.	BETTY, WILLIAM.
Ah ! mon amoureux	Ah ! mon amoureux
Soyons heureux.	Soyons heureux.

FIN.

Poissy. — Typographie Arbieu.